RECORTA Y JUEG

Harry Po

Y LA CÁMARA SECRETA™

La Maldición de Tom Riddle

808.899 282 LAM

La maldición de Tom Riddle / Edición a cargo de Alejandra Procupet y Gabriela Ramos. - 1ª ed. - Buenos Aires: Sudamericana, 2002.
32 p.; 24x17 cm.

ISBN 950-07-2305-0

I. Procupet, Alejandra, ed. II. Ramos, Gabriela, ed. -
1. Libros para Niños

Editorial Sudamericana • grijalbo

ENIGMAS MÁGICOS

Descubre las siete diferencias

PINTA CON PUNTOS

Pinta cada sector del dibujo
con el color que indica el punto

ARMA LA FIGURA

✂ Recorta las piezas de la página 7 y
pégalas en el lugar que corresponde

¿A QUIÉN PERTENECE?

Une cada personaje con el objeto que le pertenece

 Utiliza el papiro mágico para hacer un retrato de Harry

PARES DE SOMBRAS

¿Qué personaje ha perdido su sombra?

Completa la figura uniendo los puntos y colorea el dibujo

Completa la imagen del Profesor Gilderoy Lockhart en

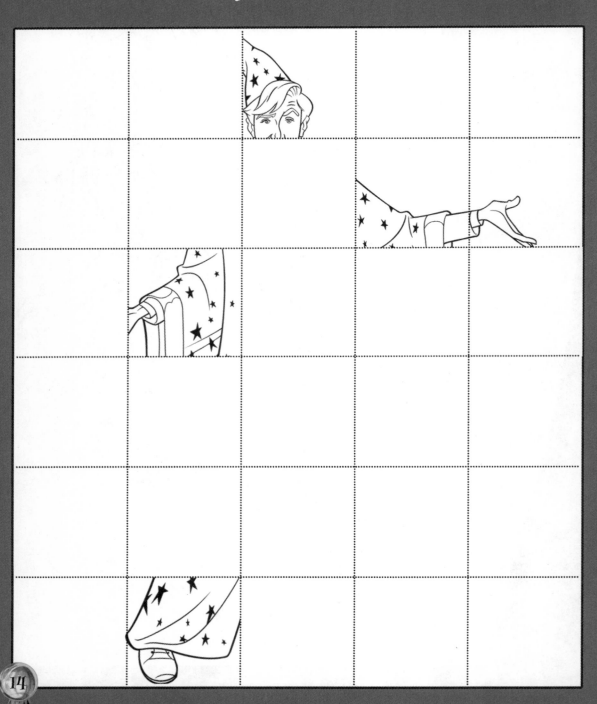

la grilla, y luego píntala copiando los colores del modelo

4 EN LÍNEA

Busca cuatro fichas o botones de dos colores diferentes y utiliza el tablero para jugar 4 EN LÍNEA con Harry Potter™ y los personajes de Hogwarts™

EL IMPOSTOR

Descubre qué figura es diferente a las otras y colorea

ROMPECABEZAS

✂ Pega la ilustración sobre cartón o cartulina, y
separa las piezas recortando por las líneas de puntos

PINTA
CON
PUNTOS

Pinta cada sector del dibujo
con el color que indica el punto

DIBUJA Y COLORE...

Utiliza el papiro mágico para dibujar a Hermione

ARMA LA FIGURA

✂ Recorta las piezas de la página 27 y
pégalas en el lugar que corresponde

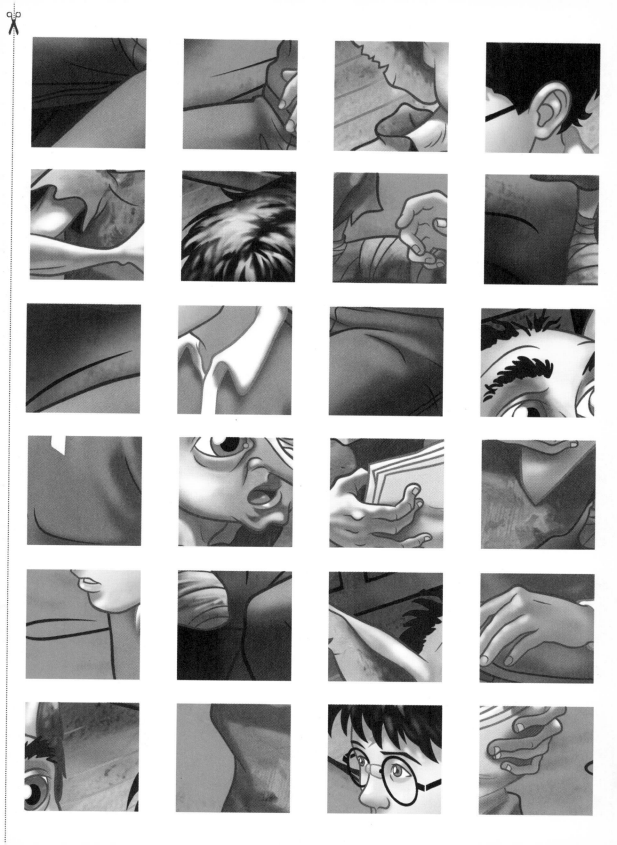

COMPLETA EL DIBUJO

Descubre en qué lugar va cada uno de los cuadritos que
"se escaparon" de la ilustración, completa y colorea

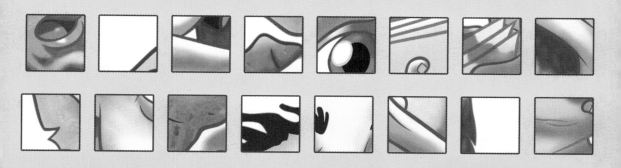

Ayuda a Harry y sus amigos a encontrar estos objetos:

Respuestas y Soluciones

PÁGINA 9
¿A quién corresponde?
A ~ 3
B ~ 1
C ~ 2

PÁGINA 12
Pares de Sombras
B. Dobby

PÁGINA 18
El Impostor
3

PÁGINA 13. Une con puntos

PÁGINA 6. Arma la figura

PÁGINAS 26~27. Arma la figura

PÁGINA 2. Enigmas Mágicos

PÁGINAS 30~31. Busca y Encuentra

PÁGINA 29. Completa el dibujo